TURENNE,

POËME

DÉDIÉ A LA VILLE D'ARRAS

QUE CE GRAND HOMME DÉLIVRA DES ESPAGNOLS

LE 4 AOUT 1654;

Par M. Leroy-Kéraniou,

RECEVEUR DE L'ENREGISTREMENT ET DES DOMAINES A CROISILLES,

(PAS-DE-CALAIS).

Prix : 30 cent.

ARRAS,

CHEZ G. SOUQUET, IMPRIMEUR-ÉDITEUR,

RUE SAINT-MAURICE, N° 155,

ET A PARIS, CHEZ LES PRINCIPAUX LIBRAIRES.

25 AOUT.

TURENNE,

POËME

Dédié à la Ville d'Arras.

———◦◦◦◦◦———

Turenne !..... A ce grand nom, à ce nom révéré,
D'amour et de respect mon cœur est pénétré.
Je chante ses hauts faits, ses vertus, sa vaillance :
Échauffe mon génie, ô Muse de la France,
Daigne ennoblir mes vers, sourire à mes efforts,
Et prêter à mes chants les plus mâles accords !

Rome ! de tes héros cesse d'être si fière ;
Qu'ont- ils fait d'éclatant qu'un Français n'ait su faire ?
En vain, dans les recueils de leurs pompeux exploits,
Je vois ces conquérans tout soumettre à leurs lois ;
Sur l'univers en poudre élever des trophées ;
Attacher à leurs chars des têtes couronnées :

En vain, parmi tes fils, superbe Romulus,
Quelques-uns, alliant les lauriers aux vertus,
Se sont fait un beau nom, ont rehaussé leur gloire
Et mérité leur rang au temple de mémoire......
J'admire, je le dois, leurs généreux travaux;
Mais la France enfanta de plus dignes héros,
Et celui que je chante en lui-même rassemble
Tout ce que les Romains ont fait d'illustre ensemble.

Au grand Jules César, s'il le faut comparer,
On ne le verra point, ambitieux guerrier,
Porter au loin le fer, la flamme et les tempêtes,
Remplir le monde entier du bruit de ses conquêtes;
A sa suite entraînant d'innombrables soldats,
Combattre, subjuguer les plus grands potentats;
Mais presque sans ressource, on te verra, Turenne,
Fondre sur l'ennemi, le vaincre dans la plaine;
Faire tomber les tours, écrouler les remparts,
Et fixer la fortune à tes fiers étendards !

César sut-il jamais mieux former un siége,
Tromper son adversaire et lui tendre un piége ?
Lille, Ypres, Landrecy, Solre, Brisac, Busa,
Dunkerque, Dronero, St.-Venant et Ceva,
Gravelines, Turin, Mardick et la Capelle
Attestent sa vaillance et sa gloire immortelle.

Publius Scipion, l'orgueil du nom romain,
Qui soumit à ses lois tout le peuple Africain :

Scipion si vanté pour conduire une armée;
Qui défit Annibal en bataille rangée * :
Oui, c'était un héros! Mais Turenne à Sintsheim,
Maubeuge, Norlinghen, Oudenarde, Ensisheim
Fut-il moins magnanime?.... et lorsqu'à Paris même
Où cet autre Annibal, dans sa fureur extrême,
Condé porte la guerre, est par lui repoussé;
Lorsqu'aux Dunes ce prince est par lui terrassé,
Scipion sur Turenne a-t-il quelqu'avantage?
A-t-il plus de mérite? a-t-il plus de courage?

Fabius Maximus, ce rusé dictateur,
Qui, lassant Annibal par sa feinte lenteur,
L'observe, le poursuit, le harcèle sans cesse,
L'assiège dans son camp, dans ses lignes le presse;
Qui de Rufus, cédant à sa bouillante ardeur,
Sait prévenir la chute et rétablir l'honneur ** ;
Ce Fabius enfin, le *Bouclier de Rome*,
On ne peut le nier: oui, ce fut un grand homme!
Mais alors qu'à Turenne on opposa Mercy
Et Gleen et les Lorrains qui s'étaient joints à lui;
Qu'il sut les contenir par sa rare prudence
Et défendre contr'eux un territoire immense,

---

* Bataille de Zama, l'an de Rome 551.

** Minutius Rufus, lieutenant de Fabius, s'étant témérairement engagé dans une embuscade, allait être défait par Annibal, lorsque Fabius accourut et le tira de ce péril, l'an de Rome 536.

Que devient Fabius?.... Combien Turenne alors
Dut déployer d'adresse et mouvoir de ressorts!
A défaut de la force usant de stratagème,
Il dut en ce moment se surpasser lui-même!
Que devient Fabius quand Mayence, Cazal,
La route de Quiers, Rhétel, Mariendal,
Ces glorieux témoins de ses belles retraites,
Qui le virent plus grand encor dans ses défaites,
Attestent son génie ainsi que ses talents,
Et sont de sa valeur d'éternels monuments?
Que devient Fabius quand il sauva la France
Que d'Hocquincourt perdait par son imprévoyance*?
Non, non, du grand Condé le généreux rival
Ne le cédera point aux vainqueurs d'Annibal!

Si Rome n'eut jamais un chef plus redoutable,
Rome a-t-elle un soldat qui lui soit comparable?
Horatius Coclès, de tous le plus fameux,
Qui seul soutint le choc d'un Roi victorieux;
Qui défendit un pont avec tant de courage,
Et qui, du prince étrusque ** entravant le passage,
Délivra son pays du joug de l'étranger :
Sans doute on ne saurait jamais trop le louer;
Sans doute il mérita la noble récompense
Que Rome lui donna dans sa reconnaissance***;

* Histoire du vicomte de Turenne, par l'abbé Baguenet, pages 185 et suivantes.

** Porsenna, roi d'Étrurie. Ce prince venait assiéger Rome pour rétablir Tarquin-le-Superbe.

*** Le consul Publicola lui fit ériger une statue dans le tem-

Mais Turenne à Saverne a-t-il fait moins que lui?
Sans attendre les siens il fond sur l'ennemi,
Force les bataillons, détruit les barricades,
Et d'abord arrêté devant les palissades,
S'élance, les franchit, redouble ses efforts,
Et se fait un rempart de mourans et de morts :
Là, les siens accourus, il vole à la tranchée
Et la victoire enfin couronne la journée*.

Les Decius encor, ces consuls trop pieux**,
Qui pour être vainqueurs s'immolèrent aux Dieux,
Prouvèrent, j'en conviens, un beau patriotisme;
Mais Turenne à Quiers eut bien plus d'héroïsme,
(Un zèle extravagant ne le dirigeait pas!)
Serré par Léganez et le prince Thomas,
D'Harcourt, entre les deux, se voyait sans défense;
Inquiet, il hésite, il s'indigne, il balance :
Il fallait prendre un pont, occuper la hauteur :
Turenne s'offre alors pour ce poste d'honneur :
Il part accompagné d'une chétive escorte,
Bat le prince Thomas, renverse sa cohorte,
Se rend maître du pont, et sait le conserver,
Tandis que nos soldats le passent sans danger***.

ple de Vulcain, l'an de Rome 246.
  * Raguenet, page 29.
  ** Publius Décius Mus, son fils et son petit-fils, se dévouèrent
aux *Dieux infernaux*, pendant leur consulat.
  *** Raguenet, page 43.

Rome ! de tes enfans cesse donc d'être vaine,
Nous avons leurs pareils, et tu n'eus pas Turenne !

Et toi qui dans ce jour célèbres mon héros*,
Toi qui vis ses exploits, qui lui dus ton repos,
Témoin reconnaissant de sa noble victoire,
Arras, raconte-nous son triomphe et sa gloire !

Du blocus de Stenay vivement outragé**,
Condé frémit de rage et veut être vengé;
Il appelle en son camp des troupes étrangères:
L'Espagnol vient offrir ses armes mercenaires;
Un traité les unit: avide de lauriers,
Il conduit contre Arras trente mille guerriers.
Déjà de tous côtés la place est investie:
Pour hâter les travaux Condé se multiplie;
Il veille; il est partout: son exemple et sa voix
Inspirent l'assurance et l'espoir à-la-fois.

Déjà le bronze tonne et répand les alarmes:
Femmes, enfans, vieillards, tous saisissent les armes,
Montent sur les remparts..... Mais la pâle terreur
Les fait rentrer soudain demi-morts de frayeur.
Déjà le gouverneur, lassé de se défendre,
Le brave Mondéjeu***, mande qu'il va se rendre,

---

* Pour perpétuer le souvenir de la victoire de Turenne, la ville d'Arras célèbre tous les ans, au mois d'août, un très belle fête en l'honneur de ce héros.

** Raguenet, pages 238 et suivantes.

*** Jean de Schulemberg, comte de Mondejeu, fut fait maré-

S'il n'est sous peu de jours puissamment secouru.
Turenne à son appel aussitôt accouru,
Turenne se présente.... A son aspect magique
L'espérance renaît, et la terreur panique
Qui flétrissait les cœurs, remplissait les esprits,
Nous quitte et va planer sur les rangs ennemis.
L'audacieux Condé reste seul impassible :
A l'effroi général son ame inaccessible
Avec calme entrevoit le moment du danger,
N'aspire qu'à la gloire et songe à se venger ;
Cependant de son camp il ferme les issues,
L'entoure de fossés, défend ses avenues,
Encourage, ranime, excite ses soldats,
Et souffle dans leur sein la fureur des combats.

Mais Turenne, observant le plus profond silence,
A la pointe du jour dans la plaine s'avance ;
Au quartier de Solis conduit ses bataillons,
Sur des points différents lance ses escadrons,
Et feint de commander l'attaque générale.
Aux desseins de Condé cette ruse est fatale :
Il ne sait où combat le gros des ennemis,
Et, pendant qu'il hésite, on culbute Solis*.
Averti, mais trop tard, Condé se précipite,
Attaque Laferté qu'il force et met en fuite**.

chal de France, en récompense des services qu'il rendit pendant le siége d'Arras.

  * Dom Ferdinand de Solis. Raguenet, page 349.
  ** Le maréchal de Laferté. Raguenet, page 252.

On le vit, en ce jour, général et soldat,
Par sa seule valeur rétablir le combat.
A la tête des siens Turenne alors s'élance,
Oppose à son rival une égale vaillance,
Répare le désordre, et, bravant les dangers,
Lui-même vient donner l'exemple à ses guerriers.
Chacun veut remporter un premier avantage :
La bataille n'est plus qu'un horrible carnage ;
La victoire indécise entre ces fiers rivaux,
Laisse flotter sa palme entre les deux héros.

Mais bientôt on entend un cri : *Vive Turenne !*
Le brave Fisica★ dans la sanglante arène
Le pousse en arborant notre étendard vainqueur :
A ce cri glorieux, nos soldats pleins d'ardeur,
Dans les rangs ennemis donnent tête baissée :
Rien ne peut résister à leur foule empressée ;
Tout tombe, tout fléchit, tout cède à ce torrent,
Et lui-même Condé recule en frémissant.

—

L'intrépide guerrier, l'habile capitaine,
Je viens de l'esquisser ; mais ai-je peint Turenne ?
Non, non, j'ai bien peu fait : il me reste encor plus,
Car sa gloire n'est rien auprès de ses vertus !
Observons ce grand homme et consultons sa vie.
Ce qui frappe d'abord, c'est cette modestie

★ Capitaine dans le régiment de Turenne.

Qui ne le quitte pas au faîte des grandeurs
Et lui fait mépriser la pompe et les honneurs.
De ses brillans succès son ame à peine émue
N'en veut aucune part, aux siens les attribue,
Et rapporte à Dieu seul ce qu'il a fait de bien,
Sans en être plus fière et sans en garder rien.
Pour ses inférieurs quelle bonté touchante!
C'est un père au milieu d'une famille aimante :
Trois fois, pour soulager ses soldats malheureux,
On l'a vu partager ses trésors avec eux;
Briser sans nul regret une riche vaisselle,
En donner, plein de joie, à chacun sa parcelle,
Et s'estimer heureux d'obtenir en retour
Leur bonheur, leur respect, leurs vœux et leur amour.

S'attachant aux vains biens, dédaignant les richesses,
Turenne des mortels n'eut jamais les faiblesses.
Il avait sur lui-même un empire absolu;
A peine en son printemps il montra sa vertu.
Une jeune beauté fut faite prisonnière;
On l'arrache des bras de son malheureux père;
On la livre au héros!.... mais ce nouveau Bayard
Respecte son honneur, la traite avec égard,
Et soudain, sous les yeux de la troupe attentive,
Au logis paternel ramène sa captive*.

* C'est en 1637, à Solre-le-Château, que Turenne, âgé de
26 ans, fit cette belle action. Raguenet, page 33.

En 1502 *Le Chevalier sans peur et sans reproche* donna à Gre-
noble le même exemple de continence.

Ennemi des détours et plein de loyauté,
Personne mieux que lui n'observait un traité.
Il poussait à l'excès la candeur, la franchise:
Honneur et bonne Foi! telle était sa devise;
Et sa seule parole avait plus de crédit
Que les Rois n'en tiraient d'un solennel écrit.
Quoique ferme il avait la plus grande indulgence;
Pardonnait une faute, excusait une offense.
Jamais on ne le vit s'aigrir, ni s'emporter :
Que d'exemples frappans on en pourrait citer !

Affable, généreux, humain par caractère,
De ceux qu'il commandait il fut toujours le père ;
Fermait souvent les yeux sur leur légèreté,
Ne les condamnait pas avec sévérité.
Si du jeune héros qu'emporte une ame ardente
Il lui faut réprimer la valeur imprudente,
Il l'appelle, lui parle, et ses tendres avis
De ce guerrier fougueux font un enfant soumis.
Si quelqu'adolescent, entrant dans la carrière,
Qui de Mars n'a jamais entendu le tonnerre,
Se trouble au premier choc, s'effraie au premier bruit,
Abjure son honneur, prend l'alarme et s'enfuit....
Turenne contre tous embrasse sa défense,
Prévient la flétrissure, et suspend la sentence.
Un combat furieux va bientôt se livrer;
Turenne au criminel qu'il a fait délivrer :
« Hâte-toi, lui dit-il, signale ton courage;
» Tu vois cet étendard flottant sur le rivage

» Il faut me l'apporter : ton pardon en dépend. »
Le jeune homme ravi part au même moment ;
Une grêle de traits menace en vain sa tête ;
Il brave mille morts.... il court, rien ne l'arrête,
Enlève le drapeau qui le rend à l'honneur,
Revient, et tombe aux pieds de son libérateur.

C'est ainsi que Turenne exerce la justice ;
C'est ainsi que toujours sa clémence propice
Pénètre dans les cœurs, protège le soldat,
Et prépare de loin des vengeurs à l'état.
C'est ainsi qu'il devint l'idôle de la France
Qu'il la couvrit de gloire, étendit sa puissance ;
Qu'on le vit de son Roi l'ami, le confident ;
Qu'il fut de son pays le plus bel ornement.
C'est ainsi qu'il fit rendre hommage à son génie,
Qu'il charma ses rivaux, qu'il fit taire l'envie ;
Qu'il fut pleuré de tous, même des ennemis,
Et qu'il eut près des Rois sa tombe à St.-Denis.

Zélés admirateurs de son immense gloire,
Français ! de ce grand homme honorons la mémoire :
Suivons ce beau modèle, imitons ses vertus ;
Qu'un même sentiment parle à nos cœurs émus :
Remplissons nos devoirs avec un nouveau zèle ;
Brûlons pour notre Roi d'une flamme fidèle :
N'ayons pour lui qu'une ame, un esprit, un amour :
Ses bras nous sont ouverts ! volons-y sans retour ;
Jurons lui de défendre, au prix de notre vie,
Des fils de St.-Louis l'antique dynastie ;

Premier peuple du monde, en gloire, en loyauté :
Ah ! sachons l'être aussi par la fidélité ;
Et faisons tous des vœux pour que le Ciel maintienne
Les Augustes BOURBONS pour qui mourut Turenne!

ARRAS, Imprimerie de G. SOUQUET, éditeur de la Feuille
d'Annonces, rue St.-Maurice, n° 153.